MW00573367

La rivale de
Mme ACROBATE

La rivale de
MME ACROBATE

Roger Hargreaves

hachette
JEUNESSE

Madame Acrobate avait une étrange façon de passer ses nuits : elle dormait sur un fil !

Échangerais-tu ton lit bien douillet contre le fil de madame Acrobate ?

Et, le jour, madame Acrobate s'entraînait aux sauts périlleux, voltiges et autres exercices de gymnastique.

– Regardez-moi ! Vous n'avez jamais vu quelqu'un d'aussi agile ! clamait-elle. C'est à vous couper le souffle ! Je suis vraiment la meilleure !

Cling !

Elle dévalait à toute vitesse la haute échelle qui donnait accès à la piscine.

Madame Beauté et madame Dodue en étaient béates d'admiration.

– Faites donc un peu d'exercice, cela vous fera le plus grand bien ! leur conseilla madame Acrobate.

Faire de l'exercice, voilà une chose à laquelle elles n'avaient jamais songé. Mais il n'était peut-être pas trop tard, qui sait ?

– Et un, et deux ! J'inspire, je souffle ! Et un, et deux !
Et un... Je n'y arriverai jamais ! se lamentait
madame Beauté.

Désormais, elle prenait un cours de gymnastique
quotidien avec madame Acrobate.

Monsieur Endormi avait tenté de l'imiter.

Regarde le résultat !

Madame Acrobate était exaspérée.

– Ce n'est pourtant pas difficile, bande de paresseux !
Allez !

J'inspire, je souffle ! On continue ! Avez-vous remarqué
combien je fais tout cela le plus naturellement
du monde, moi ? Il faut reconnaître que je suis
particulièrement douée.

Madame Acrobate était en train de devenir prétentieuse, et cela, madame Magie ne le supportait pas.

– Elle a besoin d'une leçon de modestie ! Abracadabra ! Un coup de baguette magique, et moins fière de toi tu seras !

L'effet ne se fit pas attendre…

Bonk !

Madame Acrobate ne parvenait plus à tenir sur son fil !

Et lorsqu'elle annonça à ses amis qu'elle allait faire
le grand saut périlleux…

... voilà ce que cela donna !

Madame Beauté, madame Dodue et monsieur Endormi éclatèrent de rire. Madame Acrobate les traitait toujours d'affreux maladroits, de nuls, de gros pleins de soupe : ils tenaient leur revanche !

Et ce jour-là...

Madame Acrobate était tombée pour la centième fois de son fil quand elle entendit des cris et des applaudissements devant sa maison.

Quelqu'un avait-il été témoin de ses tentatives malheureuses pour se maintenir sur son fil ?
Se moquait-on d'elle ?

Voulant en avoir le cœur net, elle ouvrit sa porte d'un geste vif et...

… resta muette d'étonnement !

– Hourra ! Bravo, monsieur Maladroit ! criaient
les bonshommes et les dames.

En effet, comme par magie, monsieur Maladroit venait
de réaliser l'un des exploits dont madame Acrobate
était si fière.

Elle n'était d'ailleurs pas au bout de ses surprises…

Désormais, madame Dodue évoluait sur un fil avec l'aisance d'une équilibriste hors pair !

C'était vraiment surprenant. Magique, même !

Quant à monsieur Endormi, il était capable de faire le poirier et même de marcher sur les mains !

Le mystère était de plus en plus grand.

Madame Magie décida de mettre madame Acrobate
à l'épreuve une fois encore.

– Je voudrais que vous m'appreniez à faire des sauts
périlleux, lui dit-elle. Mais je vous préviens, je suis nulle
en sport…

– Ne vous inquiétez pas, répondit madame Acrobate.
Je suis sûre que vous y parviendrez, c'est à la portée
de tout le monde : quelques pirouettes, et le tour
est joué !

Madame Magie pouvait être rassurée : madame
Acrobate était redevenue modeste.

Et elle le resta car…

… madame Magie pouvait dire à tout moment :

– Abracadabra, je serai plus forte que toi !